- À Nat
Anik Le Ray

GAUMONT-ALPHANIM, LA FABRIQUE, LANTERNA MAGICA présentent
Kérity, la maison des contes

D'après le film d'animation *Kérity, la maison des contes*
Avec les voix de Jeanne MOREAU, Julie GAYET, Liliane ROVÈRE, Pierre RICHARD,
Denis PODALYDÈS, sociétaire de la Comédie-Française, Lorant DEUTSCH, GONZALES
Un film réalisé par Dominique MONFÉRY
Création graphique originale : Rébecca DAUTREMER
D'après un développement réalisé par Henri HEIDSIECK
D'après un scénario original d'Anik LE RAY
Scénario : Anik LE RAY, Alexandre RÉVÉREND
Musique originale : Christophe HÉRAL
Produit par Clément CALVET
Producteurs délégués : Clément CALVET, Christian DAVIN, Maria FARES,
Roberto BARATTA, Xavier JULLIOT
Producteurs exécutifs : Jean-Pierre QUENET, Anne–Sophie VANHOLLEBEKE,
Jean-Baptiste LÈRE.
Une production GAUMONT-ALPHANIM, LA FABRIQUE, LANTERNA MAGICA
Avec le soutien d'EURIMAGES
Avec la participation de CANAL +, TF1, TPS STAR
Avec la participation du Centre National de la Cinématographie
Avec le soutien de la région Poitou-Charentes, du département de la Charente,
de la région Languedoc-Roussillon.
En association avec les SOFICA COFINOVA 5, SOFICINEMA 4.
Personnages de *Peter Pan* utilisés avec l'aimable autorisation du Great Ormond Street Hospital for Children, London.

Ventes internationales : Films Distribution.
Une distribution Haut et Court.
Distribution vidéo France : Studiocanal.

Création graphique originale : Rébecca Dautremer
Dessin et mise en couleur des personnages de l'album : Arthur Lebœuf

Flammarion – 87, quai Panhard-et-Levassor – 75647 Paris Cedex 13
www.editions.flammarion.com
ISBN : 978-2-0812-3010-1 – Dépôt légal : novembre 2009
L.01EJDN000489.C002
Imprimé en novembre 2009 par Proost, Belgique
Loi n°49-956 du 16 juillet 1949 sur les publications destinées à la jeunesse.

Kérity

La maison des contes

Texte d'Anik Le Ray

Création graphique originale de

Rébecca Dautremer

Flammarion

Dès le premier jour des vacances d'été, la famille de Natanaël quittait la ville en direction de Kérity.
Éléonore les y attendait, lisant dans son fauteuil, son chat sur les genoux.
Au bout de la corniche, entre les pins tordus, on apercevait sa villa.
Rien ne la distinguait vraiment des autres bicoques égrenées le long de la côte... et pourtant, elle abritait un secret, enfoui au plus profond de son ventre.

Cette année-là, le portail était fermé.
La villa semblait abandonnée,
et seul le chat les accueillit avec ses ronrons et caresses.
Éléonore était partie pour « le pays d'où on ne revient pas ».
Malgré les allées et venues des parents chargés de bagages,
la villa restait vide.

Natanaël se réfugia à l'étage et colla son œil contre la serrure de « la porte interdite ».
– *Bhooou !* … T'as eu la trouille, hein !…
Angélica savourait son plaisir d'avoir fait bondir son frère.
– Qui va te lire des histoires, maintenant qu'Éléonore est morte ?
À l'heure de la sieste, Éléonore lisait pour Natanaël.
En trois phrases, sa lectrice l'avait transporté au bal des éléphants dans la jungle.

Lorsque le livre se refermait, l'enfant couchait sa tête sur les genoux de la vieille dame. Et ils restaient là, immobiles, dans le silence de leurs rêves.

– Arrête de dire qu'elle est morte, c'est nul de dire ça !

– C'est pourtant l'exacte vérité, et tu ferais bien d'apprendre à lire !

Natanaël savait presque lire tout seul, mais il manquait de confiance en lui.

Le dimanche, les parents et les enfants se réunirent dans le salon.
– Comme vous le savez, Éléonore nous a légué la villa, mais elle a aussi pensé à vous deux plus particulièrement.
Une enveloppe leur était destinée. Natanaël crut un instant qu'Éléonore était revenue sur ses pas pour un dernier câlin... Son père lui tendit la lettre, mais il était si ému qu'il ne parvint pas à déchiffrer le moindre mot. Sa sœur lui jeta un regard noir et s'en empara.

Dans un brouillard lointain, il devinait plus qu'il n'entendait les mots d'Éléonore.
«… La poupée russe de la vitrine du salon revient à Angélica. »
« … À toi, Natanaël, je confie la clef de la "porte interdite". Tout le contenu de cette pièce est à toi. » Il avait souvent vu Éléonore disparaître derrière cette porte toujours refermée à double tour, et avait imaginé mille folies de l'autre côté. Angélica faillit s'étrangler en estimant la disproportion entre une pièce entière et une simple poupée.

D'un clic, la « porte interdite » s'ouvrit.
Natanaël passa d'abord la tête, pénétra dans la vaste pièce et ne vit rien d'extraordinaire : un bureau poussiéreux, au mur un portrait d'Éléonore et, près de la fenêtre, un globe terrestre. Il se demandait ce que la vieille dame avait voulu lui offrir.
Une surprise l'attendait peut-être derrière le rideau !
Ses mains écartèrent alors la tenture.

Il découvrit dans l'ombre une… BIBLIOTHÈQUE !
Des centaines, des milliers de livres, entassés, empilés, serrés les uns contre les autres, grimpaient jusqu'au plafond.
C'était donc ça ! Éléonore n'était plus là pour lui faire la lecture et lui confiait ses livres.
Ainsi, il ne serait pas privé des histoires qu'il aimait tant.
Mais aujourd'hui, sans leur lectrice, les livres avaient perdu leur saveur.

Au cours de la nuit, le vent souffla en tempête.
Emportée par une vague écumante, la villa rompit ses amarres…
La voilà partie voguer sur une mer hachée de rides profondes.
Hache, coupe, hache ! coupe-hache ! coup'hache !
Le vent hurlait dans les cheminées. Les harpies d'Ouragan secouaient les volets.
Les ardoises du toit cliquetaient.

Hache, coupe, hache ! coupe-hache ! coup'hache !
Les flots en furie brisaient les flancs de l'arche en perdition.
Puis, le vent cessa, l'eau se retira. La villa devint une île au milieu de nulle part.
Le cri des mouettes réveilla Natanaël.
La villa était encore debout, fièrement cramponnée à son rocher, mais la tempête de la nuit l'avait blessée de partout.

Au petit matin, Natanaël et les siens étaient tous consternés.
On avait dressé l'inventaire des dégâts.
Il fallait engager des travaux de toute urgence et la famille n'en avait pas les moyens.
Ils entendaient déjà grincer au-dessus de leurs têtes un écriteau menaçant : *maison à vendre*.
De l'autre côté de la baie, l'enseigne du hangar de Pictou clignotait en plein jour.
– Et l'antiquaire ! Il pourrait acheter plein de choses dans cette maison !

– Je l'ai déjà rencontré, je sais très bien ce qui l'intéresse, bougonna le père. D'après lui, les seules choses de valeur sont la bibliothèque et la poupée… En un mot, votre héritage !
– Moi, je n'irai jamais en vacances ailleurs ! déclara Natanaël. Je préfère vendre les livres.
– C'est très généreux de ta part, Nat, dit sa mère. Mais plus tard, tu auras peut-être envie de les lire. Choisis-en-un ! Tu le garderas en souvenir d'Éléonore.
Se trouver seul face à un livre sans voix lui semblait à présent la chose la plus triste du monde.

Comment parmi tous ces livres retrouver son préféré ?
Il y avait tant de titres à déchiffrer que la tâche lui parut insurmontable.
La panique s'empara de son esprit.
Les étagères se mirent à tanguer, les livres à tourbillonner dans la pièce.
Des lettres s'en échappaient, dansaient autour de lui de plus en plus vite…
Des "S" comme des serpents à sonnettes se dressaient à hauteur de son visage.

Des idéogrammes, des arabesques ondulantes, des mots en ribambelle l'enlaçaient…
Un point d'exclamation bien trop grand tenta de lui percer le cœur !
Deux parenthèses noires se refermèrent sur lui… Il s'évanouit sur le tapis.
Lorsqu'il reprit conscience, il faisait nuit.
Peu à peu des chuchotements parvinrent à ses oreilles… puis, des petits pas légers, à peine perceptibles. Il n'osait plus respirer…

Perçant l'obscurité, une dizaine de paires d'yeux brillants, pas plus gros que des têtes d'épingle l'observaient.
– Comment a-t-il eu la clef ? C'est peut-être le remplaçant !
– Que viens-tu faire ici, Grands-Pieds ? demanda un pirate de dix centimètres.
– Je m'appelle Natanaël, cette bibliothèque est à moi !
– Éléonore nous avait promis un remplaçant. Heureux de te rencontrer, dit un drôle de chat.

– Comment êtes-vous arrivés ici ?... D'où venez-vous ? s'étonna Natanaël en reconnaissant le Chat Botté, le Capitaine Crochet, Cendrillon, le petit Chaperon Rouge et même le Grand Méchant Loup.
– C'est Éléonore qui nous a rassemblés ici, expliqua Cendrillon. De chacun de ses voyages, elle rapportait de nouveaux ouvrages.
– Les livres de cette bibliothèque sont HABITÉS, ajouta Gulliver.

Le Chat Botté frappa de sa canne trois petits coups sur l'étagère.
– Vous pouvez sortir ! dit-il avec son accent félin.
Dans un fracas discret de carton plié et de papier froissé, des dizaines, des centaines de nouveaux personnages apparurent. Tous voulaient voir le remplaçant. Soudain, on entendit un *tic-tac* de plus en plus fort. Le Capitaine Crochet plongea la tête la première dans son livre, croyant entendre venir le crocodile qui voulait le dévorer.

Le Lapin Blanc venait d'arriver et remontait sa montre à gousset. Il affichait un air innocent mais son sourire trahissait son plaisir pour ce petit jeu. Natanaël sentit une présence familière à ses côtés, c'était Alice ! Les mains moites, les oreilles rouge cramoisi, il bafouilla :
– Alice !… Heu… je vous aime beaucoup… non… enfin… si… j'aime beaucoup ton histoire…voilà !
Elle était très jolie, et lui sourit en véritable amie. Il était tout à coup parfaitement heureux.

Un pantin de bois regardait Natanaël du coin de l'œil et s'amusait à allonger son nez de manière démesurée. C'était Pinocchio !
Puis, un enfant vola tout près de lui. Le garçon qui avait refusé de grandir se posa sur la main de Cendrillon et lui demanda de recoudre son ombre, qui s'était une fois de plus détachée.
– Peter Pan !
Soudain un personnage bien plus grand que les autres voulut s'approcher de lui.

Un frisson courut tout le long de son dos. Une bouche énorme pourvue de dents pointues dessina un sourire terrifiant… C'était l'Ogre !
Surgirent alors trois fées, Jacques et le haricot magique, Merlin, le roi Arthur…
Ce fut ensuite le tour des personnages des *Mille et Une Nuits*, puis du *Livre de la Jungle*.
Ce défilé dura jusqu'à l'aube. Natanaël n'était pas fatigué. Il avait retrouvé ses amis de papier.
Chacun d'entre eux avait sa place au plus secret de ses pensées, au plus profond de ses rêves.

Venue du fond de la bibliothèque, une voix éraillée, mal réveillée se mit à rouspéter. Dans un nuage de poussière, une petite vieille en colère, attifée d'une robe noire toute chiffonnée, brandit une baguette de coudrier !

– Est-ce qu'il sait lire, au moins ? cria la fée Carabosse de sa voix aigrelette en se frayant un passage. Séance tenante, Natanaël dut accomplir le rituel qui ferait de lui le remplaçant officiel : il suffisait de lire, à haute et intelligible voix, une phrase inscrite sur le mur.

– Lis, je t'en supplie ! dit le Loup. Sinon, AVANT QUE MIDI AIT SONNÉ, NOS HISTOIRES S'EFFACERONT ET NOUS DISPARAÎTRONS AVEC ELLES !
Une fois de plus les mots dansaient, jouaient à saute-mouton, les uns par-dessus les autres. Impossible de lire le moindre mot ! Les petits héros commençaient à s'inquiéter.
– Il ne sait même pas lire ! Et vous croyez qu'Éléonore nous aurait confiés à un illettré ?
Carabosse était aussi douée qu'Angélica pour décourager toute personne de bonne volonté !

Une camionnette pétaradante arriva dans le jardin, et la voix de ténor de l'antiquaire retentit dans le corridor :

– Alors, où sont-ils, ces vieux bouquins ?

– Les vieux bouquins… mais c'est NOUS ! s'écrièrent les petits héros.

– Le Grands-Pieds nous a vendus ! C'est un traître ! dit Carabosse de sa voix de sorcière.

– Non ! C'est faux ! Je ne savais même pas que vos livres étaient habités…

Incapable de contenir sa colère, elle pointa sa baguette sur l'enfant.
– *Caraba Sabacrosse, Saraba Rabacosse* ! Qu'il devienne minuscule, comme ça il comprendra !
En un clin d'œil, la bibliothèque devint aussi haute qu'un gratte-ciel de New York,
et le corps de Natanaël aussi petit que celui des personnages de papier.
– Comment fera-t-il pour nous protéger s'il est aussi petit que nous ? protesta Alice.
Saisis par le bon sens de cette remarque, tous regardèrent Carabosse de travers…

Soudain, la poignée de la porte de la bibliothèque tourna, et chacun prit la poudre d'escampette, Carabosse en tête. Jupe retroussée entre les mains, dentelles et rubans au vent, elle courut jusqu'à son vieux livre vermoulu et claqua la couverture si fort qu'un morceau s'en détacha et dégringola jusqu'au plancher.
En un quart de seconde, les livres s'étaient refermés. Soudain seul Natanaël ne savait où aller. Par chance, Alice lui offrit un refuge à la page 34 de son livre.

En quelques heures, les étagères furent vidées et les cartons chargés dans la camionnette.
Dans la bibliothèque, il ne restait plus qu'un seul livre !
– Trop déglingué, j'en veux pas ! avait dit Pictou.
Quelques instants plus tard, la camionnette cahotait sur la route de la corniche, emportant son étrange cargaison jusqu'au dépôt. Conscient du trésor qu'il détenait, Pictou avait déjà téléphoné aux collectionneurs de sa connaissance. La fortune lui souriait !

Natanaël s'aventura entre les cartons et buta contre l'énorme ventre de l'Ogre. En trois bouchées il l'aurait avalé. L'enfant lui échappa en grimpant sur un meuble. De là-haut, il vit des couvertures se soulever. Alice, le Lapin Blanc et les autres vinrent le rejoindre.

– Carabosse est restée là-bas ! Sans elle, tu es condamné à rester petit ! s'alarma Cendrillon.

Natanaël était inquiet mais il sentait leurs yeux pleins d'espoir rivés sur lui.

– Il faut partir avant l'arrivée des Grands-Pieds ! conseilla Crochet.

Une petite fille toute pâle offrit à Natanaël sa dernière allumette.
Alice lui proposa de l'accompagner.
D'un bond, le Lapin Blanc en fit autant en sortant sa montre à gousset :
– Je serai garant de la ponctualité ! Il est exactement huit heures et deux secondes… trois secondes… quatre… Tête d'épinard ! Nous sommes déjà en retard !
Grâce à leur amitié, Nat avait repris courage. Il était prêt à tout pour sauver ses amis.

La minuscule équipe s'éloigna à travers les sables de la dune.
Arrivé au sommet, Natanaël examina l'étendue de la plage.
Il n'y avait encore personne, et s'ils parvenaient à gagner le sable mouillé, ils progresseraient bien plus vite.
Avant de disparaître sur l'autre versant, Alice se retourna vers ses amis restés au hangar.
Elle leur fit un petit signe, sans voir celui qui se cachait derrière une touffe d'herbe.

Le Capitaine Crochet, la lunette vissée à l'œil, commentait leur avancée :
– Ce grand benêt d'Ogre les suit ! annonça-t-il. S'il pouvait manger cet imbécile de Lapin avec sa tocante !... Mais non, ce serait trop beau, c'est le petit humain qui le met en appétit !

Le Grand Méchant Loup poussa un cri d'effroi, Cendrillon était au bord de l'évanouissement, Gulliver s'en voulait d'avoir perdu l'Ogre de vue au moment du départ...

Au bout de sa longue-vue, le capitaine Crochet aperçut le premier parasol planté sur la plage :
– Les Grands-Pieds arrivent ! De vrais pirates, armés jusqu'aux dents !
Grimpés sur une souche d'arbre échouée, Nat et ses amis regardaient, eux aussi, les nouveaux arrivés. Tandis qu'ils tournaient le dos à la mer, une vague plus forte que les autres les submergea et son reflux les entraîna vers le large.

Les oreilles du Lapin Blanc apparaissaient, disparaissaient de loin en loin. Alice s'enfonçait dans l'eau, s'inquiétant seulement de voir sa robe mouillée. Natanaël saisit sa main, mais elle coula à pic et l'entraîna vers le fond. Suffoquant, il refit surface un instant :
– Alice, il faut nager, nous ne sommes pas dans un livre, nous allons nous noyer !
Une corde lancée depuis la plage le frappa au visage… il s'y agrippa de toutes ses forces… L'Ogre les tira sur le sable.

– Merci de nous avoir sauvés ! dit Natanaël à l'Ogre.
– J'aime bien les humains…, répondit celui-ci.
Les cheveux de Natanaël se raidirent sur son crâne. Il était assailli de questions saugrenues : comment les aime-t-il ? avec du sel, du piment, des cornichons ?… Il se voyait déjà plongé dans un pot de moutarde. En proie à un appétit irrépressible, l'Ogre frissonna. Ses grosses mains portèrent l'enfant à hauteur de ses dents.

– L'Ogre ! Un ami, c'est pour la vie, si vous le mangez, en deux bouchées, c'est terminé ! s'écria Alice, qui savait trouver les mots pour apaiser chacun.
Partagé entre son instinct « hommenivore » et son envie de participer à leur aventure, l'Ogre referma sa bouche et serra Natanaël sur son cœur avec une infinie douceur.
Il glissa le Lapin Blanc dans sa poche, installa Alice sur son épaule droite et hissa Natanaël sur la gauche. Grâce à ses jambes puissantes, ils avanceraient bien plus vite.

Au hangar, le premier client venait d'arriver.
En bon collectionneur, Monsieur Kermadec ne fut pas long à se décider :
– Ce sont de véritables merveilles, je vous les achète tous !
Soudain, une gravure attira son attention.
– Regardez ça ! Gulliver et le Capitaine Crochet dans le livre du Petit Chaperon Rouge !
Pictou lui retira l'ouvrage des mains et lui proposa *Cendrillon*.

À nouveau, l'illustration intrigua Monsieur Kermadec :
– Cendrillon avec le Grand Méchant Loup, ça vous paraît normal, à vous ?
L'antiquaire se précipita sur un autre livre. Dans *Les Mille et Une Nuits*, Pinocchio, Peter Pan et le Chat Botté survolaient le palais de Bagdad sur le tapis magique d'Aladin.
– Je regrette, mais dans ces conditions, je n'en achète pas un seul ! s'offusqua Monsieur Kermadec en quittant le hangar.

Des goélands braillards passèrent en rase-motte au-dessus de leurs têtes. L'un d'eux piqua Natanaël de son bec et le jeta à terre. Mais l'Ogre mit l'oiseau en fuite et le goéland rejoignit sa bande. Le Lapin Blanc tira sa montre de sa poche :

– Il est exactement dix heures, quatre-vingt-dix minutes et six cent vingt-cinq secondes... Oh ! là, là ! Folle scarole ! Nous avons dépassé les limites du temps ! Vite, vite, il faut courir !

Leur course attira l'attention d'un jeune Grands-Pieds.

– Au château de sable ! Suivez-moi ! s'écria Natanaël.
Tapi dans un tunnel que Natanaël avait creusé la veille, un crabe attendait la marée. Leur arrivée troubla sa tranquillité. Il les coursa dans le dédale des galeries de plus en plus mouillées. Le Lapin Blanc utilisa sa montre comme une masse d'arme en la faisant tournoyer au-dessus de sa tête, ce qui leur permit de s'échapper.
Mais soudain, un rideau de fer rouge descendit juste devant eux…

Au hangar, la donne avait changé. Le Capitaine Crochet était ligoté, Peter Pan s'était emparé de sa lunette et décrivait ce qu'il voyait :
– Un Grands-Pieds plante sa pelle rouge autour du château de sable, et nos amis ont disparu !
La pelle rouge coupait tout passage et les murs commençaient à s'ébouler.
Natanaël fit reculer le crabe en craquant son unique allumette, juste à temps ! Une vague envahit les douves du château et le reflux les aspira tous avec le crabe. Le château s'effondra.

Le Grands-Pieds les poursuivit en tirant un camion-benne en plastique. L'Ogre ne fut pas assez rapide, et atterrit sans ménagement dans la benne. En trois bonds, ses amis grimpèrent à ses côtés. Mais l'Ogre peinait à reprendre ses esprits. Alice parlait au ralenti. Les oreilles du Lapin Blanc pendaient lamentablement sur ses épaules !
Sa montre indiquait onze heures, quarante-cinq minutes, trente-deux secondes…
– Plume de rutabaga ! Nous voilà déjà tout raplapla !

Un espoir fou envahit Natanaël quand il entendit Angélica l'appeler pour le déjeuner, mais sa sœur s'éloigna aussitôt vers la maison d'Adrien, leur voisin et ami.
– Entre, Angélica !
Des rangées de poupées, de taille croissante, étaient alignées sur le buffet.
– Ce sont des Matriochkas, expliqua-t-il. Éléonore me les a rapportées de Russie. Tu vois, elles s'emboîtent les unes dans les autres. Et dans la dernière, mystère !...

– Moi aussi, j'ai eu une poupée russe. Quand je pense que c'est Natanaël qui a reçu les livres, alors qu'il n'est même pas capable d'en lire un seul ! bougonna Angélica.
– Éléonore vous aimait beaucoup tous les deux, elle n'aurait certainement pas voulu faire de jaloux, lui rappela Adrien.
– De toute façon, maintenant, ils sont chez Pictou.
– Quoi ! Cet escroc les a emportés ?

Dans leurs cartons, les petits héros commençaient à perdre leurs couleurs.

– Le moment de nous dire adieu est arrivé, annonça le Chat Botté.

– Ça te va bien aussi, le rose pâle, dit le Loup au Petit Chaperon Rouge.

– Merci, mon Loup. Nous avons fait un beau duo, tu sais !

– C'est vrai ? J'ai été un bon Méchant Loup ?

– Oui, tu as été formidable, tous les enfants avaient peur de toi…

– Allons, allons ! Rentrons dans nos livres, mes amis ! intervint Crochet.
Pictou voulut faire admirer les ouvrages à sa nouvelle cliente. Madame d'Aulnoy plissa les yeux : le texte était devenu illisible et les images presque invisibles !
– Je regrette, mais dans ces conditions, je n'en achète pas un seul !
L'antiquaire ne comprenait pas comment les livres avaient pu s'effacer en si peu de temps. C'était vraiment une histoire de fou !

Angélica descendit enfin sur la plage, son cerf-volant sous le bras.
Au moment où elle le posa sur le sol pour rembobiner le fil, Natanaël et ses compagnons se glissèrent dans un pli : les voilà emportés dans les airs, chahutés, tiraillés, et enfin écrasés au sol par un courant d'air mal maîtrisé.
Ses amis devenaient de plus en plus décolorés, quand, soudain, le visage d'Angélica apparut juste en face de lui !

– Nat ! c'est toi ? Qu'est-ce qui t'arrive ? T'es tout p'tit ! Et ceux-là, tout pâlichons, c'est qui ? s'exclama-t-elle.
Angélica n'en revenait pas. Pas facile de raconter tout ça en quelques secondes à une fille qui ne croit pas aux contes ! Mais pour une fois, Nat trouva sa sœur à la hauteur.
Elle proposa de les aider…
En trois enjambées elle les remonta jusqu'à la bibliothèque de la villa.

Les aiguilles de la montre du Lapin Blanc approchaient de midi.
– Vite… lis la phrase, mon petit radis chéri… Sois gentil !
– Sans toi, nous ne serions jamais arrivés jusqu'ici !
La voix d'Alice était faible et chaque mot lui coûtait…
– Éléonore ne s'est pas trompée en te choisissant pour lui succéder.
Nous avons tous confiance en toi !

Et Natanaël lut, sans flancher cette fois, les quelques mots qui devaient les sauver !
Aussitôt, ses amis retrouvèrent force et couleur.
– Bravo, bravo ! Alice débordait de joie.
– Il est midi ! Graine de bonheur, et pour une fois, je suis à l'heure ! s'écria le Lapin.
Carabosse avait repris des couleurs, mais elle refusa de rendre à Nat sa taille d'enfant.
Elle voulait s'assurer elle-même que les histoires et tous leurs personnages étaient sauvés.

Angélica pria son père de se rendre au hangar de Pictou.
Nat et les petits héros sautèrent dans la poche de sa veste pour faire le voyage avec lui.
À son arrivée, Carabosse fut vite rassurée. Les majuscules majestueuses et toutes les belles typographies étaient revenues, bien à leur place, sur toutes les pages, tout comme les illustrations aux couleurs délicieuses.
Alors, la fée Carabosse rendit à Natanaël sa taille d'enfant.

Fou de joie, il s'écria :
– Papa ! Papa ! Je suis là ! Ça y est, je sais lire ! Tous ces livres sont des originaux de grande valeur. Je veux tous les lire, nous ne devons surtout pas nous en séparer !
– C'est vrai ? Je suis fier de toi, mon garçon. Tu as bien raison de garder cette merveilleuse collection… Ne t'inquiète pas, nous trouverons une autre solution pour réparer la maison.

Pictou était en grande conversation avec un étrange nouveau client, qui avait l'air bien décidé à tout emporter.
Le père de Natanaël s'empressa de rejoindre les deux hommes, et s'adressa franchement à l'antiquaire.
– Cher monsieur, je suis désolé, nous avons changé d'avis, nous reprenons nos livres ! Ils ont trop de valeur pour nous !

– Trop tard, j'ai un acheteur ! s'emporta le marchand.
– Oui, dit le client, je les prends tous !

Celui-ci retira alors son chapeau, ses lunettes et sa fausse moustache : c'était Adrien ! Il n'avait pu se résoudre à voir Natanaël se séparer des livres qu'Éléonore lui avait légués. Leur fidèle voisin les aida à transporter les livres jusqu'à la villa.

Angélica accueillit leur retour avec un sourire radieux.
Elle venait de découvrir le secret de sa poupée.
Celle-ci, comme les poupées russes, contenait une autre poupée de chiffon plus petite, et à l'intérieur, quel mystère ! il y avait… LES BIJOUX D'ÉLÉONORE !
Une véritable fortune.
De quoi faire réaliser tous les travaux de la maison et bien plus encore !

Angélica était heureuse.
Éléonore ne l'avait pas oubliée, elle l'avait aimée tout autant que son frère et lui avait accordé sa confiance.
– Éléonore a fait de vous les anges gardiens de cette maison ! dit leur mère avec émotion.

Au milieu de la nuit, Natanaël et Angélica se levèrent sans faire de bruit…

La lune éclairait la bibliothèque. Le silence était parfait.
Natanaël espérait que les petits héros accepteraient la présence d'Angélica et se montreraient. Ils attendirent sans bouger.
Quelques rires chiffonnèrent le silence, aussitôt suivis du fracas minuscule des livres qui s'ouvraient. Les uns après les autres, tous les personnages sortirent.
– Gambette d'asperge ! C'est la fille qui nous a aidés ! s'exclama le Lapin Blanc.

Et tous l'applaudirent. Angélica était émerveillée. La fée Carabosse se mit à chanter et la fête commença : tous les petits héros défilèrent, et chacun à sa façon les salua en passant… Alice ouvrit elle-même son livre et Natanaël lut pour sa sœur.

– Tu lis drôlement bien ! reconnut Angélica.

Avant de céder la place au jour, un dernier rayon de lune éclaira le portrait d'Éléonore, le chat sur ses genoux… Elle souriait… et, vous n'allez pas le croire… le chat aussi !